KB082347

가벼운 오후

ㅅㅅ
사
십
편
시
선
039

가벼운 오후

2023년 11월 27일 제1판 제1쇄 발행

지은이   이학우
펴낸이   강봉구

펴낸곳   도서출판 작은숲
등록번호   제406-2013-000081호
주소   경기도 파주시 와석순환로 307, 1107-101
전화   070-4067-8560
팩스   0505-499-8560
홈페이지   http://www.littleforestpublish.co.kr
이메일   littlef2010@naver.com

ⓒ 이학우

ISBN 979-11-6035-150-7 03810
값은 뒤표지에 있습니다.

가벼운 오후

이
학
우
시
집

작은숲

구절초가 피고
날씨가 쌀쌀해졌습니다.

늦가을 하늘색과 구름은
Wolfgang Amadeus Mozart의
클라리넷 협주곡 2악장과 잘 어울립니다.
세상도 이와 같으면
갈등과 다툼이 눈에 띄게 줄겠죠.

시를 흐릴 것 같아 두렵지만
책을 내고 싶은 욕심을 끝내 참지 못하고
세상에 얼굴을 내밀었습니다.

젊은 시절
올바른 길을 보여 주신 조재훈 선생님
문학회 선후배님들과 동기들
꼼꼼하게 작품을 살펴주신 조재도 형
출간을 도와주신 대표님과 직원분들
고맙습니다.

눈물나게 보고 싶은
(故) 정영상 형
앞으로는 잘 써서 조금 건방지겠습니다.

2023년 늦가을의 청명함을 가장 소중한 나의 가족에게
저자 씀

| 차례 |

가벼운 오후

그쳤던 비가
논의 어린 모 간지럽히듯
가볍게 다시 내린다
머지않아 피어날 능소화 뿌리를 적신다
나뭇잎과 풀
더욱 푸르다
패인 마당에 고인 물 위
떠다니는 물방울
홀로 터지고
둘 셋 붙었다 터지고
머뭇거리다 터지고
버티다 끝내 터지고
한낱 물방울에 내가 왜 웃고 있는지
비 그치고
능선 기어오르는 산안개 자욱하게 필 무렵

지읒과 비읍 소리로 우는 제비 한 쌍
ㅎ과 ㅇ 자음에 ㅣ, ㅗ, ㅛ 모음을 더해
이편에서 우는 꾀꼬리
(한 칸이나마 둥지 장만했으니, 만날래)
저편에서 화답하는 꾀꼬리
(생각해 보구)
생을 달리한 슬픔도
헤어짐의 아픔도
얼굴 달아오르게 하는 부끄러움도
별스럽지 않은
비가 온다 할 수도
그쳤다 할 수도 없는
가벼운 오후
민달팽이 비 맞으며 마실 길 나선
그런 오후다

풍경 風磬

무슨 번뇌
그다지 깊고 많아
부모, 처자식 모두 버리고
물 맑은 고향 떠나
산사山寺 처마에 매달려 있느냐

전생에 지은 죄 얼마나 크기에
바람에 온몸 부딪쳐
이승에서 맺은 인연 끊고
업業에서 벗어나려 하는가

깨달음이
얼마나 부족하기에
일종식에 면벽수행
백팔배, 삼천배 공양, 소신공양 올려

환생 멈추고
열반에 들려하느냐
세상을 밝히려 하느냐

깊은 밤, 풍경소리
깨어 있음이요
자유로운 영혼이라 이르건만
어찌하여, 나는
눈물 나는가

샘골 연가戀歌

샘골, 서씨네 집 앞
그리움을 머금던 살구꽃이 활짝 필 때
샘골은 봄을 맞이한다
때맞춰 땅속 물은 차가워지고
살구의 속살이 달콤해질 무렵
담장에 기댄 능소화
피어 말하리라
반평생, 부모 공양
한평생, 자식 뒷바라지

뒤꼍
대숲에 바람이 일면
상념에 젖어 담근
어머니의 물김치
어서 오라, 객지에 나간 자식 부르는 듯

감칠맛으로 익어간다

오서산 등성에 떠오른 달이 중천에 닿아
사랑방 창을 비추면
아버지는 사각사각 일기를 쓰신다
흙은 곡식을 키우고, 나, 흙을 지키노라
늦은 가을, 문득 떨어지는 감나무 잎사귀 소리
너희들의 발자국 소리인 듯하구나

수복수복 내리는 눈
샘골에 겨울이 온다
소금장수 다니던 언덕길에
시나무골 장다리 밭에
모사리 고추밭에
옛이야기 쌓이듯 눈이 내린다

봄을 기다리는 살구나무 가지 끝에

샘골의 그리움도

그렇게 하염없이 쌓여간다

부모님 전 상서

　어제, 공주읍 한가운데를 흘러 금강에 닿는 제민천 옆 우체국에 가서 미루고 미뤘던 편지를 부쳤다. 늘 그렇듯이 건강하신지요라고 인사말로 시작해서, 저는 잘 지내고 있으며 학업에 열중하고 있다고 적어 내려갔다. 사실은, 어제도 전날 마신 술기운에 져서 수업을 빼먹고 하숙방에서 뒹굴거렸다. 학생운동을 한다거나 시위에는 결단코 관심도 없으며 데모 군중 근처에는 아예 얼씬거리지도 않으니 안심하시라는 거짓말도 적었다. 이런 내용은 부모님을 안심시키기 위한 것이니 양심의 가책은 필요 없다고 생각했다. 도서관에 처박혀 밤늦도록 열심히 공부를 하고 있고 상경해서 부모님을 뵙고 싶은 마음은 간절하나 교사가 되고자 준비할 것이 많다 보니 다가오는 주말에도 갈 수 없다고, 다만 구입해야 할 서적이 꽤 있다고 적었다. 일주일 후에 분명히 겉봉투에 '우편환 동봉'이라고 적힌 답장이 올 것이다. 이런 거짓말은 마음이 조금 찔렸다. 그렇지만 빌린 돈을 갚아야 하고 담배를 사고 술을 마시려면 어쩔 도리가 없다. 십중팔구 지어낸 얘기인 것을 알고 계실 것이다. 마지막으로 건강에 유의하시고 형과 형수 그리고 조카들에게 안부 인사를 전해 주십시오, 라고 맺음말을 썼다. '불효자식 막내아들 올림.'을 빼먹지 않았다. 맨 끝줄에 이 말을 쓸 때마다 나는 조금 울컥한다.

막내아들 전 하서下書

어젯밤 꿈속에서
답장을 한 통 받았다

편지는
'막내아들 밧아 보거라.'
아버지만의 맞춤법으로 시작해서
무탈하다니 다행이며
위험한 곳에 가지 말 것이며
늦은 귀가 시엔
어미에게 미리 시외전화라도 해야 하고
밥은 밖에서 먹더라도
잠은 집에 들어가서 자야 한다고 각별히 강조하신 뒤
무릇, 학생을 가르치는 선생이
지켜야 할 것들로 이어졌다
다음 편지에는

겉봉투에 '사진 동봉'이라고 쓰고
손주들 사진을 보내라고 하시며
몸조심하고 건강하거라로 맺으셨다
마지막 줄에
'아비, 어미 씀'을 빼놓지 않으셨다
나는 마지막 줄을 읽고 나면
늘 하늘을 올려다보며
길게 한숨을 짓는다
어떤 때는 눈물이 찔끔거린다

연 鳶

정월
밤하늘
성긴 별이 돋고
저만의 슬픔과
저만의 기쁨과
저만의 사연을 간직한 지붕 위에
내린 달빛, 앞마당 지나 토방을 비추고
창호지 문으로 새어 나온 등잔 불빛
가물거리는 깊은 밤
자식 걱정
농사 걱정
아버지 어머니의 긴 한숨 섞인 두런두런 소리 들으며
까무룩 잠에 들던
코흘리개 어릴 적
바람 부는 날

뒷동산에 올라 연을 띄우며
백 년을 함께 사는 줄 알았습니다
이별과 아픔은 없는 줄 알았습니다
작은형
어제도 오늘도
바람 부는 날이면
동막골 앞산 자락 위로
꼬리 흔들며
방패연 여전히 날고 있습니다
높이 높이 날아오른 연
하늘에 닿아
어머니, 아버지, 형제, 조카 만나
소식 전하겠죠
다시
인연이 되겠죠

고구마와 대나무 지팡이의 상관관계

첫서리 내린 날
호미질 깊숙이
고구마를 캔다

뿌리 깊이 내렸으니 올겨울은 추울 것일세
배추도 무도 마찬가지이네
땅에
뿌리내리는 것들은
이치가 서로 맞닿아 있거든
어허, 욕심내지 말고
자잘한 것들은 내버려 두게
사람만 먹을 수야 없지 않는가

지나가듯
말씀하시고 나서

몸을 돌려
멀리 오서산을 바라보시는, 장인어른
허리춤에 꾄 장인의 대나무 지팡이를 보며
호미질 멈추고 한동안
고구마를 물끄러미 본다

첫서리 내린 날
정녕 내가 캔 것은
환갑을 넘긴 나이가 무색한
무지의 부끄러움이다

다음 이야기

다음 이야기는
희망적이어야 한다
시작이 어떠했는지 묻지 말라
너의 첫발은
위태로웠으나
경이로웠고
첫 운동장 조회 때
앞으로 나란히 들어 올린
두 팔에
너는 보았나
수국 꽃잎만큼
희망이 걸려 있음을

다음 이야기는
언제나 간절함이어야 한다

삶의 끝이 어떠할지 두렵다면
무한의 거리를 달려온 별을 보라
굳은살 박인 손. 갈라지고 주름진 손들이 맞잡고
지상의 다리를 놓듯
한데 어우러져 은하의 강물로 흐르는
별을 보라

그다음 이야기는
이기적이어야 한다
꽃과 음악,
시와 그림 앞에서
그 무엇보다
사랑하는 이를 두고서
무한히 이기적이어야 한다
아무튼 이기적이어야 한다

그다음 이야기는
주인공이어야 한다
지난 이야기 속에
행인 1이나 2
적장의 칼바람에 쓰러진
오합 같은 병졸 무리이었을지라도
마지막 무대에 오르면
눈부신 조명 아래
승리하리라,
승리하리라,
목청껏 외치는
누구보다 더 빛나는
너는 주인공이어야 한다

실내화

아내는
토요일 오후엔
때 묻은 실내화를 물에 담그고
두 아이의 이야기를 듣습니다

구석구석 실내화에 비누를 칠하면
재잘거리는 소리, 웃는 소리, 뛰어다니는 소리,
종소리가 들리더니 우루루 교실로 몰려가는 소리,
다시 조용해진 교정에
선생님의 목소리에 맞춰
아이들이 입을 모아 책을 읽는 합창 소리가 울려 퍼집
니다

아내가
솔질을 시작하면

빨·주·노·초·파·남·보
일곱 가지 무지개색 물감이 번집니다
미술 시간에 수채화를 그렸구나
송골송골 땀방울이 번집니다.
체육 시간에 달리기를 하였구나
눈물도 방울방울 번져 나옵니다
선생님께 꾸중 들었구나

아내는 헹굼을 마치고
실내화 위로 하얗게 웃고 있는 아이들의 얼굴을 마주 보며
소리 없이 웃고 있습니다
나란히 널려 있는 실내화
새로운 일주일을 향해 달려 나갈 준비를 합니다

그래, 다가올 일주일의 이야기를 듬뿍 담아 오렴
친구의 손 잡고 더 많이 재잘거리고
달리다 넘어져도
다시 일어나 달리렴
눈물쯤이야
먼지 툴툴 털어내듯
꾹꾹 눌러 참고
또다시 일어나 힘차게 달리렴

질그릇

반들반들 윤이 나고
꽃이나 새 문양 새겨
모양 예쁘고 싶기는 하네만
그릇인들
내가 누구인 줄도 모르는
주체 없고 싶지는 않으이
뜨끈한 국밥일랑 건더기 푸짐하게 뚝배기에 담고
접시에 수북이 담은 묵은지 안주 삼아
걸걸한 탁배기 넘치게 잔에 부어
권커니 잣거니
아랫것들과 시름을 달래며 지네겠네
거나하게 술기운 오르거든
젓가락 장단에 육자배기 한 자락 뽑으면
얼마간 시름이야 놓이지 않겠는가
이냥 살다 저냥 살다 늙어

이가 빠져

바람 새는 소리 나고

금이 가고

깨어져서 사금파리 되어

어린 것들 소꿉놀이 감으로 쓰일지언정

후회 없다 하겠네

실반지

아름답게 여긴 이승의 꽃들이 모두 지고
지는 것은 남은 것들을 위한 시가 되건만
누구를 위하여 기도드린 적이 없음을
차마 말하노라
사랑한다
사랑한다고 보낸 소리들은 돌아와
잎새만 남은 곳에서 눈물이 되고
대궁 속에서 멍으로 맺히는데
사월을 지나는 바람에 흔들리며
그니의 이름을 나즉이 불러 본다
세 글자 이름처럼
소중한 것들을 모으면 궁전인들 못 지으랴만
헤일 수 없이 가슴 졸이며
손에 쥔 실반지가 초라해 보이는 것은
사랑이 부족함은 아니냐

너의 마음을, 내 마음을
이미 알고 있으니
하여
늘 행복해야 하느니
아 아
이제는
문 앞에서 서성이는 발소리를 들어라, 오월아
등불을 켜고
천 리의 길을 환히 밝히는 그니가 보이지 않느냐
오월아

용인 가는 길

어머니,
오늘도 보내주신 편지를 받았습니다
매일 매일
서편의 노을로 소식을 주시더니
오늘은 문간창밖 덧밭에
희디흰 눈송이 소복이 쌓아 주서서
용인에도 눈이 내렸음을 알겠습니다
가슴에 쌓인 눈을 녹여
한 자 한 자
눈물로 쓰셨음도 알겠습니다
어머니,
이 밤을 도와
답장을 쓰고 외론 기러기들에게 보내렵니다
천상의 하루는 지상의 일 년이라 하니
길어야 두어 달 남짓하지 않겠습니까

부디
엎드려 바라옵건데,
뵈올 두어 달 남짓 편안하세요
어머니
무진년 이월 열이레 자시
막내아들 올립니다

외출 전에

끓인 물과 찻잔 올린 탁자
방석 서너 개
외출 전에
햇살 맞이할 준비 마친다
조잘조잘
화분과 얘길 나누겠지
비스듬히 기대거나
바닥에 엎드려 책을 읽기도 할 거야

언젠가, 생을 마칠 스윰
이승을 떠나기 전
내 살던 자리를 비우고
책 읽기와 음악 듣기를 즐기는
다정한 사람을 맞이해야 하리
구름이 흐르고 달과 별이 내리도록

수선화 핀 연못에 물 한가득 채워
시를 짓고
노래를 부르는
상처 입은 영혼이 머물도록 해야 하리
떠나기 전
창을 살짝 열어 놓아야 하리

작별 인사

찬비가 부슬부슬 내리던
늦가을 새벽
소리 없이 '여보'라고 세 번 입술을 달싹이는
당신의 아내에게
'곧 뒤따르리다, 편히 가시오.'
눈물의 작별 인사를 건넨 아버지와
마지막 눈길을 주고받은 어머니
평온히 눈을 감았다
가장 슬프고 괴로운 임종의 순간
이승에서의 당신들의 마지막 작별 인사는
영화 카사블랑카의 두 남녀 주인공이 연출한
안개 낀 공항의 고혹적인 작별 장면에 견주어도
손색없이 아름답고 가슴 뭉클했다

일 년 이 개월 후

불경스런 나의 상상이 부정을 탔는지
약속을 지키려는 의지인지 모르지만
꽝꽝 언 땅을 파헤치자
아버지는 당신의 아내 곁에 나란히 누우셨다

법적으로는 성년이지만
심적으로
나는 고아가 되었다
어느덧 손주 볼 나이 된 지금까지
외롭고 슬퍼도 견딜 만하다
당신들의 황홀한 재회를 믿고 있으니
오늘 밤 꿈속에 손 마주 잡고 오실 것 같다

반달

밤마다
엄마 산소를 찾아가 통곡하더니
젖가슴에 기어들 듯
소나무 틈새를 지나 엎드려 울더니
오늘은
텃밭의 참깨 숲에 숨었다가
이슬 내리고 모두 잠든 한밤중
추녀 아래 매어 단 옥수수 가지런한 치아에 알알이 배
었네
빗더미는 쌓이고
이대로 삭망일에 둥근달이 되어
초라한 젯상 위
숨죽인 강신降神의 술잔을 비출까나
초헌初獻의 길잡이나 될까나
시 한 줄 끄적이는 오시五時

추녀 아래 재잘거리던
반달이
어서 어서 맨발로 구천의 길 따라오라는 듯
안개 속에 머리칼 느리고 외딴 상여집으로 스미는
넋으로 떠나네

마음의 무게

한겨울, 길바닥에 나물 몇 가지 펼쳐 놓은
할매들의 초라한 좌판
할배들의 힘에 겨운 폐지 실은 리어카
신새벽, 첫 차에 오르는
청소용역 하청노동자들의 뒷모습
적막한 운동장 한가운데서 본
늦은 밤, 자습에 지친 학생들이 책상 위에 엎드려 자고
있을
교실 유리창의 환한 불빛
징애인의 최소한의 이동할 권리를 위해,
세월호의 어린 학생과 이태원의 젊은이들을 잊지 않겠
다는
삼보일배의 무리들
한 끼니를 얻기 위해, 하루 종일 일하는
먼 나라 어린아이들 구호 광고 따위를 보면 볼수록

가슴에 커다란 돌덩이 올려 진 듯 답답하다면
마음에도 무게가 있다는 것을
알 수 있을 것입니다
나와 당신의 마음 저울 바늘은 숫자 몇을 가리키나요

그 여자 1

일인칭 단수가 아닌
이인칭 복수를 위해 존재할 뿐
그 여자는 더 이상
문장의 주어로 쓰이지 않고
명령문 안에서
단지 수식어로 쓰인다

그 여자 2

옷장 문을 연다
계절 따라
해마다 줄어든 옷들이
낡은 소매와 주름진 옷깃을 여미고
옷걸이에 부끄럽게 걸려 있다
그 곁에
화려했던 한때가 무색하게
색 바랜 머플러
외출을 기다리고 있다

그 여자 3

그 여자, 마흔의 어느 날
옛 일기장의 자음과 모음들이 모두
자리바꿈을 하였다
대개의 형용사들은 야반도주했고
동사 앞에
부정어가 진을 쳤다
날씨마저 맑음에서 흐림으로,
단풍잎 하나가 간신히 남아
가을이었다고 전하고 있다

그 여자 4

가을 어느 날
다리를 건너다, 문득
발아래
푸른 하늘, 구름과 나무
낯 설은 그 여자, 거울 같은 맑은 물 위에 서 있다
투명한 눈물 한 방울
떨어져 파문이 일 때
사랑은
길 잃은 어린아이처럼
문맥의 흐름에서 벗어나
어찌할 바를 모르고 있다

그 여자 5

빨랫줄에 널린 이불 홑청처럼
순백으로 살고자 했다
속삭이듯 부는 바람에
홑청이 날릴 때, 그 여자,
비릿한 엄마의 내음처럼
아득한 추억으로 남고자 했다
먹구름이 몰려오고, 소나기
홑청과 함께 젖는 듯
울고 있는 듯

그 여자 6

책을 읽고 있다, 그 여자
비련의 주인공이
파국으로 내닫는
눈물 자국이 선명한
어느 페이지에
책갈피를 끼우고
잠에 들었다
극적 반전을 꿈꾸는 듯
속눈썹이 파르르 떨리고 있다

잠시 바람이 되어

김천 직지사
일주문 지나며
잠시 바람이 되어 본다
멀찌감치 보이는
산사 뒤꼍의
소나무 숲
가벼이 흔들리니
몇 마리 새
날아오른다

삼라만상 얼비쳐 흐르는 경내 실개천 지나
만세교 건너 오르는 길
발걸음 무겁다
법당에 들어서
목을 축인다

대웅전 앞 숨을 고른다
두 손 모으고 눈을 감아도
바람의 무게
조금 더 무겁다
쨍그렁
쨍그렁
풍경風磬이 울린다

해질녘
일주문 벗어날 때
여전히
병 속에 새를 꺼내지 못했다

공주산성을 돌며

공주산성을 돌며
모진 날이 다가올수록
당당하게 서 있는 나무를 본다
더 이상 그늘을 이루지 않는 숲을 본다
상수리나무 아래
묵묵하게 쌓인 낙엽 속
뒹구는 몇 개의 상수리,
겨울은
늘
가난보나
먼저 와 있다
해 떨어지고
어두워지는 쌍수정 난간에 서서
북쪽을 보면
툴툴 자리 털고

봇짐 하나 메고 모두 떠났는데
불길하게 찍히는 남은 철새들의 발자국처럼 돈는 별
별 아래
산성을 다시 돌며
영화榮華의 욕심임을 알았을 때
흔들리지 말아야 돼
흔들리지 말아야 돼
등을 떠미는
잎새 하나

느린 엽서

너무 놀라지는 마세요

소중한 것은
생각보다 조금 늦게
소리 없이 다가옵니다
봄꽃
일 년 후 오늘 도착한
느린 엽서입니다
소나기와 습기
한낮의 따가운 햇볕
밤하늘에 무수히 돋아난 별들의 여름 이야기
파란 하늘이 잠긴 호수에 단풍잎의 파문
무리지어 울며 떠난 철새들의 가을 추억
하얗게 쌓인 눈 위에 발자국을 남기며
그리운 이를 찾아 총총히 떠난 겨울 사연

연분홍 매화, 붉은 듯 노란 산수유,
개나리꽃이 샛노랗게 물든 엽서를
다 읽을 때면
사랑 이야기를 담고
사계절의 사연으로 채색하여
내년에 도착할 엽서를
당신에게 또다시 쓰겠습니다

너무 놀라지는 마세요

민영주

민영주는 내 친구다
50여 년 전 중학교 3학년 시절
봉천동 시장통 가는 길 언저리의 튀김집에서 우정을 텄고
둘은 너무 많고
셋은 불가능하다는
하나밖에 없는 진정한 친구다
키가 크고 삐쩍 마른 몸매지만
마른 장작이 더 잘 탄다고 곧잘 뻐기곤 했다
노량진 시장 한 모퉁이에서
여름엔 옥수수를 찌고
겨울에는 호떡 부쳐 키워주신 어머니를
모시고 사는 그런 녀석이다
가정형편 때문에
공고에 진학해서 3학년 때
자기 여자 친구보다 더 예쁜 여학생을 소개해 주고

중요하지 않은 얘기를 심각하게 말해서 싱겁지만
가벼운 이야기도 진지하게 들어주는
간이 딱 맞는 그런 친구다
가족을 빼면
가장 오래 나와 알고 지내는 민영주
나는
그런 인연을 맺고 있는
친구가 있다는 면에서 볼 때
그가 자랑스럽다
내가 뭐라도 된 것 같은
적어도, 나도 50년 가까이 사귀는 친구가 있으니
크게 꿀릴 게 없다

효자손과 구둣주걱

큰어머니 돌아가시고
기르던 누렁이
삼일 동안
식음을 거부하고
울었다고
큰 사촌 형수가 전했다

어머니 아버지 장례치를 때
삼시 세끼 꼬박꼬박
챙겨 먹었다

안방 빈 벽에
효자손이 덩그러니 걸려 있다
현관 신발장 손잡이엔
구둣주걱 말없이 걸려 있다

가려운 등을 긁어 드리고 싶다
결린 어깨에 파스도 붙여 드리고 싶다
어머니 고무신 하얗게
아버지 구두 광나게 닦아
외출하시기 전
고무신 코 구두 코 밖을 향해
나란히 놓아 드리고 싶다

2부

꽃, 풀

금낭화

다정한 말투로
인사를 건네면
한 줄로 매달려
거꾸로 피는 사연을 들려드릴게요

간절한 눈길을 보내주세요
주머니가 열리고
복이 쏟아져
마침내
사랑을 이루는
행운을 누리실 거예요

사랑하는 사람을
따르기 위해
얻은 상처와 아픔은

진분홍색 심장이 되어
향기 가득한 꽃으로
피어납니다

이제
보잘 것
들잘 것 없다 해도
고이고이 간직한
당신의 이야기 주머니를
열어 보세요
모를 일이죠
듣다 보면
당신의 어깨에 기대거나
누가 아나요
듣고 나면

밤하늘에 별처럼

두 뺨에 흐르는 눈물이 반짝일 때

당신과 입맞춤할 수도 있잖아요

감꽃

달빛 아래, 울고 있는
네 누이의 눈물처럼
감꽃, 떨어진다
아무도 모르게 소리 죽여 울 듯
보는 이 없는 밤에 떨어진다
이슬 내리는 장독대에 쭈그려 우는 서러운 마음이야
밤새 천 리를 간다 해도
끝내 발치에 떨어지는 감꽃이란다
수년 동안 손에 못 박히며 모아 보내준 돈을
술값으로 닐리 버리듯
이제 코흘리개도 먹지 않는 감꽃이란다
취기의 발길로 비척이며 감꽃을 밟을 때마다
누이의 곤한 잠결을 밟는 것인 줄 너는 아는가
지워지는 눈물 자국처럼
하얗게 떨어진 감꽃이 말라붙어

속절없이 뒹구는 하오^{下午}에
숙취의 배를 끌어 앉고 자빠져 있는
너는 누구인가
시랍시고 끄적이는 너는 무엇이냐
누이의 눈물이 메마른 밤
더 이상 무명실에조차도 꿰이지 않는
감꽃, 떨어진다
모두 다 떨어진다

감자꽃

몇 해 만에 이런저런 행사 인파 속에서
짧은 인사 올려도
너희들이 어떻게 지내는지 다 알겠다는
조재훈 선생님의 미소와 표정을 닮은, 감자꽃

사 십여 년 전, 20대에
김치 안주에 막걸리 한 사발
멸치 안주에 소주 한 잔 놓고
장기독재와 반통일
군부독재와 반민수, 반빙화
울분에 목 메여 소리 없이 눈물 흘리던 선배들 닮은, 감
자꽃

어린 모 단단히 뿌리 내리고
가벼운 바람에도 보리 이삭 사그락 사그락거리는

하지夏至

현란한 색깔, 황홀한 향기 대신

한 뼘 땅속에

주먹만 한 알맹이를 줄줄이 품고 있는 감자꽃 닮아

가슴속에 뭔가 묵직한 것을

키우며 살아온

감자처럼 못난 인생들

찔레꽃 1

Ⅰ. 어릴 적

어린 시절
천지 분간 못 하고
겨울인지 여름인지 모르던
철부지 적에 찔레꽃은,
배고픈 날
꺾어 먹었던
달기도 하고 씁쓸하기도 한 새순의 맛이
인생의 맛이 되리라고
알려 주는 이 없어
진정한 삶은
살아가면서 깨우치는 것임을
미처 알 수 없었던
어릴 적, 찔레꽃

괜스레

엄마가 보고 싶어지던

찔레꽃

찔레꽃 2

II. 햇수로 마흔세 해 전

스무 살 즈음에
막걸리 집에서
'이른바 대동아전쟁의 풍운이 휘몰아치던 날
우리는 그 어느 때보다 슬픈 별 아래 살아야 했다.'*로
만난
찔레꽃은
치기에 흠씬 빠진 연놈들의 시였고
녹재의 두려움을 거두는 종주먹이었으니
밥을 굶을지언정
술을 마시고
자취방에 연탄 한 장
지피느니
한 갑의 담배 연기 속에

옳으니 그르니

악다구니 끝에 엉겨 붙어

술상 위를 뒹굴던 개똥철학이었다

5 · 18 광주의 죽음 앞에

칠흑의 밤을 흘러가는 강물 위로

울분의 눈물을 떨구며

무기력과 절망의 절규로 피던 꽃이었다

* 이른바 (중략) 살아야 했다: 시인 김영일 시 '찔레꽃'의 대사 중 일부.

찔레꽃 3

Ⅲ. 이제서야

환갑 넘어 보는
찔레꽃,
뒤 돌아보니
지나온 길바닥에 새겨진
부끄러운 이력들이
넘지 못한 욕망의 벽에
다닥다닥 들러붙어 있는 죄의 흔적,
미련한 마음속엔
끝내 버리지 못해 눈에 밟히는 것들이
나의 인생이었음을
보여주네
갈 길이 가깝든, 멀든
남은 인생이
달착지근하면서도 쌉쌀한 찔레꽃 새순 맛이길

6월의 숲

6월의 숲으로 들어가 본 사람은
벌과 나비, 새와 꽃의 왈츠곡 향연에 이어
풀과 나무의 명상곡을
바위와 계곡을 흐르는 물의 잠언을 들었거나
바람의 수상록을 읽었으리니

6월의 숲 속에서 나는 발가벗고 누우리라
뉘인 몸에
햇살 내려 비추면
풀과 나무의 문신이 새겨지고
새순이 돋아
잎이 자라고, 꽃이 피어
나는 풀이 되고, 나무가 되리니

6월의 숲 어둠 속

드비쉬의 달빛이 흐른다

이슬 반짝이며

숲의 요정

나무의 정령

노래를 부른다

춤을 춘다

6월의 숲은 축제다

패랭이꽃 1

하나. 인연

길가에 돌도 연분이 있어야 찬다 하고
옷깃만 스쳐도 인연이라 합니다
천 겁이면 한 나라에 태어나고,
하루 동안 길을 동행하려면 2천 겁이 걸리고
5천 겁이 모여야 한동네 사람이 되며
7천겁의 세월이 지나야 부부로 인연이 맺어지고
9천 겁이 되어야 형제와 자매로 태어나고
1만 겁이 되었을 때
비로소 스승과 제자가 된다고 하는
불가의 인연*
어찌 보면
내 얼굴 들여다보는 당신
그런 인연으로 만났습니다

패랭이꽃 2

둘. 장돌뱅이

멀고 먼 어느 옛날
이곳저곳 장을 떠돌다
달빛에 비친 등짐 진 그림자 동무 삼아
집으로 가던
나이 어린 장돌뱅이
잠시 쉬려고 벗어놓은 패랭이가
꽃이 되었어요
슬프거나 힘들면
나를 만나러 오세요

패랭이꽃 3

셋. 재회

눈처럼 하얗게 은하의 별들이 쏟아지는 밤
이별의 아픔에
눈물로 얼룩진 일기장 속에
고이 접어 두었던
나를 꺼내어 입맞춤하면
떠났던
사랑하는 이가
나시 돌아오답니다

패랭이꽃 4

넷. 고백

마음을 말로 표현할 수 없을 때
사랑하는 마음을 글로 표현할 수 없을 때
나를 한 움큼 꺾어
등 뒤에 감추었다
살짜기 미소 지으며
사랑하는 이에게 건네주세요
저의 꽃말은 순수한 사랑입니다

패랭이꽃 5

다섯. 기도

구월 다 지나
높아진 푸른 하늘 아래
나는 생각합니다
먼 나라, 마른 꽃대처럼 야윈 아이들
꽃잎 겹겹이
간직한 향齋으로 주린 배를
채울 수는 없을까, 생각하다
끝내, 울었습니다
울다 지친 새벽녘
낮은 곳으로 임하시라
기도를 드리며
다시, 울었습니다
시월도 지나

이슬이 서리로 바뀌는 계절
나의 기도가 이루어진다면
목숨을 내놔도 좋다고 다짐합니다

상사화

기다림 하나만으로도
충분합니다
살아야 할 이유로

밝은 햇빛과
시절에 어울리는 바람이 불고,
물 흐르는 소리 나지막하게 들리는, 그야말로
가질 것 다 가진 갑(甲)의 시간임에도
표현하기 어렵지만
무엇인가 아쉽고 허전하다면
당신은, 상사병에 걸린 것입니다

눈을 감아야 보이는, 소중한 것들
기다리고 그리워하고
기다리며 간절히 그리워하면

마침내 그리움이 그림이 되고,
기다림은 시가 되고,
간절함은 노래가 되고, 춤이 되는
진정 소중한 것을 가진 사람만 걸리는, 상사병

내게로 오세요
나는 상사화입니다

담쟁이

그때, 시린 눈동자에 그렁그렁 눈물이 맺혀 있었지. 담 벽락을 기어오르는 모든 담쟁이 넝쿨이 4·19나 오월 광주민중항쟁, 또는 그 옛날 동학 년의 쓰러진 넋들의 손목에 불끈 솟은 힘줄로 보였어. 뜯어도 뜯어내도 찰거머리처럼 달라붙어, 썩은 양심에 뿌리를 내리는 생명이야. 하나에서 열까지 거듭 세며, 날이 밝기를 기다려 진군의 북소리에 서슬 같은 잎사귀를 세우고, 출사표 붙여 놓은 벽보의 시퍼런 글귀에서 붉은 피 뚝뚝 떨어졌어. 불끈 동여맨 붉은 머리띠. 오오, 불순의 모가지를 움켜쥐고 풀 줄 모르는 오랏줄. 독재의 바람 거칠수록 악다구니로 한 뼘씩 한 뼘씩 기어올라 꼭대기에 꽂은 깃발의 펄럭임. 죽여도 죽을 수 없는 원한의 넝쿨이야. 쟁취하라. 쟁취하라. 수천, 수만의 통일된 손짓이야, 함성이야.

도깨비 풀

마음이 통해야만 함께 길을 걷는 건 아니잖아요
갈라지는 곳까지만이라도
데려다 주시면, 고맙구요
역부러, 멀리 돌아가는 길이 아니라면
가는 길 중간에 떼어 놓지 말구
애기 엉덩이처럼 봉긋한 흙이 있거든
그곳에
떨궈주세요

가는 동안
가을 햇살 받고 바람맞으며
시와 수필에 대해 얘기를 나누거나
괜찮으면
직접 한 편 쓰면 더 좋구요
심심해지면, 조금 유치하지만

온 하늘에 떠 있는 구름을 보며
닮은꼴을 맞혀 보죠

인생,
너무 어렵게 생각하지 마세요
친구들 중엔
바람에 씨를 날리는 우아한 애도 있지만
토끼나 소의 변에 섞여
지저분하게 번식하는 애들도 많아요
강아지 털이나
옷에 붙어 있다가
귀찮다는 듯이 떼어 내면
그곳에 뿌리를 내리는 내 팔자는
그나마 중간 정도는 하는 거죠

산다는 것 너무 심각하게 생각하지 마시구요
산들바람같이 소곤소곤 말을 걸어 주는 간지러운 연인
이나
볼품없어도 거름처럼 뒷배 든든한 친구들
우리처럼 착착 달라붙는 자식새끼들이 있으니
그게 행복한 인생이죠, 아니 그런가요

초생지草生地 I

강변에 앉아 갈대를 본다

나를 이곳으로 밀어낸 것은 무엇일까
몇 날 며칠 주절거려
전할 말이 있는데
기다려도
오는 사람 없고
어려운 날
선구자를 부르던 동무도 없고
병신 같은 갈대만 모인
초생지
햇살 받아
고개 부러진 그림자
서에서 동으로 옮겼다

나를 흔들리게 하는 것은 무엇일까
가진 것없는 맨주먹에도
목청을 높였던
두려움 없던 시절은 가고
스스로 흔들리는 것이 아니라고
어금니 꽉 깨물어도
온종일 죽음을 기다려
죽어서야 꽃이 되는 존재이거늘
캄캄한 강물 위에
하얗게 홀씨를 날리며
나를 버티어 살아가게 하는 것은
또 무엇인가

초생지 草生地 II

강변에 서서 공사판을 바라본다

안개가 걷히면
밀리고 밀려
공사판에 몸을 담은 인부들의
욕지거리와 가래 뱉는 소리가 들렸다
입술 닳도록
올해로 그만 때려치겠다 말하지만
나는 안다
저들도 우리와 같아서
쉽사리 떠나지 못한다는 것을
쓰러지고, 무너지는 한낮의 뙤약볕 지나
해질녘
억센 팔로 올린 철근 골조의 시커먼 그림자가
잔 없이 깡소주를 마셔대는 인부들의

가슴을 짓누르고
안개가 다시 덮이면
먼지 털고 연장 챙겨
강 건너 불빛 따라 귀가할 때
저들의 어깨에 짊어진
삶의 무게를 견디게 하는 것은
무엇인가
귀 기울이면, 바람에 스치는 갈대의 울음조차 소중하듯
따뜻한 밥과 국이 오른 초라한 밥상이어도
둘러앉아 맞이하는 가족이면
위로의 힘인 것
기다림의 힘이 되는 것

바늘꽃

누구를 달래려
빼꼼히 얼굴 내민
밤하늘 아기별처럼 피었느냐
아기 손처럼 몽똑하니 피었느냐
사랑하는 사람 떠나
마음 둘 곳 없는 빈자리
등잔불 아래
구멍 난 양말에 헝겊 덧대 꿰매시며
시간이 약이니라, 세월 지나면 채워지니라
이르시던 어머니처럼
허허로운 마음 메워주려 피었느냐
마음먹은 대로
일이 풀리지 않아 갈피 못 찾으면
정신줄 놓지 말거라 심지 단단해야 한다
헤진 소매나 터진 솔기

머릿기름 바르며 한 땀 한 땀 여며 주시고
헐거운 단추 야무지게 달아 주시며
꾸중하시던 어머니처럼
정신머리 잡아주려 피었느냐
손때 묻은 반짇고리
골무와 바늘 실과 헝겊 조각엔
어머니 마음 배어 있거늘
바늘꽃 너는
늦가을에 무엇을 담아
열매를 맺느냐

3부

나무의 시

나무의 시 I

어느 누구도
문을 닫고
빗장을 걸어 잠근 적이 없다
부족할수록
내 것과 네 것을 구분하지 않으니
소유의 경계를 긋는 어리석음이 존재하지 않는다
날개가 있어 나는 것들
걷거나 뛰는 것들
비늘로 온몸을 감싸고 헤엄치는 것들
심지어, 제 몸을 접었다 펴서
반에 반치씩 이동하는 것들, 모두
시詩를 쓰고
노래를 부르며 춤을 춘다
설익은 낮에게
더 가까이 곁을 내주어

단단히 뿌리를 내리고
꽃이 피고 열매를 맺으니
경전에 이르듯
땅 위에 낙원을 이루며
천국이 저들의 것이다

나무의 시 II

낯선 이가
등을 기대고
한참 동안 서럽게 울었다
바람이 불어
잎새와 가지들이
Liszt의 작품번호 3번 'Consolation'을 연주했다
발치에
올가미 진 끈을 놓고 돌아설 때
구름을 밀어낸 달이 지상을 밝히고
하늘에 별 하나가
유난히 빛났다

나무의 시 Ⅲ

이다음에 크면
공장에 가서
연필로 다시 태어나고 싶어요
마을회관 노인대학에 다니는
할매 할배들의 주름진 손에서
몽당연필이 될 때까지
삐뚤빼뚤
'가, 갸, 거, 겨'를 쓰거나
초등학교 입학식 날
고사리 같은 손으로 쓴
'하늘이, 사랑이, 초롱이' 명찰의 글씨로 남고 싶네요
어쩌다, 억세게 운이 좋으면
쓰고 지우고
다시 썼다가 지운 끝에
'사랑합니다, 영원히'라고 쓴

연애편지의 달콤한 고백을 맛보거나

어느 시인이

'그대의 창에 불이 꺼지고, 나의 발걸음은 절망의 강을
향해 간다.'고

원고지에 시를 쓴다고 상상하면

벌써 가슴 설렙니다

또한, 저의 간절한 기도를

신께서 들어주신다면

누군가 생을 마치는 순간에

따스한 마음을 전하는

가장 아름답고 엄숙한 문장을 쓰고 싶습니다

'다시 태어나도 너희들과 한 가족이 되고 싶구나.'

그렇습니다

나는

심(心)을 단단히 감싸 주는

그런 나무로 자랄 것입니다

나무의 시 IV

그날, 뿌리가 뚝뚝 끊어지는 가눌 수 없는 고통으로
울부짖으며 이름을 불렀다
알란 쿠르디*
알란 쿠르디
내가 나를 베어
뗏목이라도 되었으면 좋으련만

아이들은 알고 있어요
잡은 손을 놓친 순간
엄마의 절망이
지중해 바다보다
더 깊다는 것을

신의 가호는 어디에 있는가
인간의 모순과 죄는 사방천지에 널려 있지 않는가

나의 처절한 울음을 듣는가

다시 만났어요, 엄마를
어두운 밤, 잠 못 이뤄 뒤척이다
시를 쓰는 당신,
올려다본 밤하늘에
손잡은 세 개의 별이 빛나고 있잖아요

* 알란 쿠르디: 2015년 터키의 튀르키예 해변에서 엎드려 잠자는 듯
한 모습을 한 채 주검으로 발견된 시리아 난민 아이. 세 살 되던 해 내
전을 피해 소형 보트에 몸을 싣고 유럽으로 가던 길이었다. 파도는 아
이가 탄 배를 삼켰고 엄마와 다섯 살 난 형도 죽었다. '알란 쿠르디의
비극'이다.

너는 이렇게 말했다

면도칼로 긁은 손목의 수없이 많은 상처
사회가 이렇게 만든다고
너는 책상에 엎드려 중얼거렸고
노력하지 않고 남 탓만 해대는
한심하고 건방진 녀석이라고
속으로 비꼬기만 했지
마음의 상처가 얼마나 깊고 아픈지
생각조차 하지 못한, 나는
실습 중인 교생이었다

가난하지만, 절대
기죽지 않는다고
너는, 가정환경조사 담임에게 하고 싶은 말 란에
이렇게 적었고, 교대에 들어갔다
힘내라고, 감동적이라고

말 한마디 전하지 못한
나는 숙맥 같은 햇병아리 교사였다

똑똑하신 것 같은데요
선생님은요
마음이 따뜻하지는 않은 것 같네요
두세 번 가출 끝에 등교한 너는
꾸짖는 내게 원망의 눈길을 보이며 이렇게 말했다
밥은 제때 먹었는지, 잠은 어디서 자고 지냈느냐는
따뜻한 말 한마디 건네지 않는
나는 잘난 체하는 거만한 교사였다

저는 반드시
특수교사가 될 거예요
말로는 해낼 수 있다고 했지만 성적을 의심하는 내게

장애 부모를 둔
너는 이렇게 말했고
사범대 특수교육과에 합격했다
진심 어린 격려와 응원조차 망설인
나는 자격 미달 교사였다

참되거라
바르거라
성실해야 한다
늘 입에 발린 말을 하지만 나는
아무래도 불량 교사가 분명하다

건너봐야, 넘어봐야

건너봐야 강이 얼마나 깊은 줄 안다
넘어봐야 산이 얼마나 높은 줄 안다
뜨거운 눈물이어야,
얼음산을 녹이고, 닫힌 마음을 녹일 수 있다
그런 거다
밤을 지새운 사람만이
새벽을 맞이한다
언어의 칼날에 베인 쓰라린 상처는
고독해야 낫는다
침묵은 외침이다
출렁이던 물결이 잔잔해지면 시와 그림이 된다
노래와 춤이 된다
삶이란
되돌아보는 것이다
멀고 험한 길을 걸어야

구두의 뒷굽이 닳아진 만큼
뒤꿈치의 굳은살을 얻는다
깊어진 주름살은 지혜를 준다
삶이란
되돌아보는 것이다

연어의 변辯

  모천회귀본능을 지닌 물고기로 방금 소개받은 연어올
시다. 머리 굵었다 싶을 정도로 자라면 끝없이 넓고 한없
이 깊은 바다로 나가 수년간 떠돌다, 한 치의 오차도 없이
태어난 곳으로 돌아와 자식 낳고 죽으니 불가사의인즉, 본
능이라는 말 외에 달리 설명할 방도가 없다고 다들 입을
모읍디다. 해서, 이 자리를 빌어 한마디 하겠소이다. 듣고
보니, 인간의 어리석음에 견줄 짝이 없소. 생각해 보시오.
세상에, 본능적으로 자식을 낳는 경우가 어디 있소. 덧붙
여, 한 번 물어나 봅시다. 인간들은 죽어 버리고 말겠다는
본능으로 세상을 하직하시오. 듣자 하니, 인공지능이 어
떠하니 저떠하니, 우주 시대가 열렸네, 자동차가 자율적
으로 운행을 한다는 둥둥, 마치 삼라만상의 이치를 깨달
은 듯 허풍이 하늘을 찌를 듯하더니, 어찌하여, 어디 되지
도 않는 말로 우리를 무참히도 격하시키는 것이오. 어리석
어, 모르는 것 같으니, 점잖은 내가 설명하리다. 잘 들어 보

시오. 부모님의 희생의 대가로 태어난 후, 거친 바다로 나가 떳떳하게 살다가, 어엿한 젊은이로 성장해서, 나를 잡아먹겠다는 온갖 들짐승과 날짐승을 공격을 받아 가며 거친 물살을 거슬러 마침내 고향으로 돌아와 자식들을 낳는 것은, 한 마디로 표현하자면, 의지. 바로 이 의지올시다, 죽음조차도 막지 못하는 우리 연어들의 의지라는 말씀입니다. 이제, 내가 뭔 말을 하는지 아시겠소. 그렇다고, 내 말에 너무 감동하지는 마시오. 수 천리 하늘길을 나는 철새들, 한 치 앞도 볼 수 없을 눈보라를 뚫고 무리지어 이동하는 쇠기러기들, 눈에 보이지도 않을 성노의 직은 꽃기루를 끊임없이 모아 꿀을 만드는 벌들, 들과 산에 풀과 나무들도 모두 본능이 아니라, 의지로, 이 억센 의지로 行하고 마침내 이루는 것이오. 돌이켜 보시오, 인간들은 스스로 의지라고 추켜올리면서, 인간 외에 것들은 모두 다 미물이라는 말로 정해 놓고, 본능이라는 용어로 깎아내리는 이유가 무엇이오. 어떻소, 인간의 방자함을 인정할 만하오. 내 말에 고개가 끄덕여진다면, 구석진 곳에서 무릎 꿇고, 두 손을 머리 위로 바짝 올리고 한숨 자고 해가 중천에 뜰 때 깰 터이니 그때까지 반성 좀 하고 계시오.

새벽을 기다리며 Ⅰ

줄 것 다 주고

짚나라미, 시린 성애와 함께 가슴에 얹어

논바닥에 찍힌 화석 같은 발자국들과 서성거릴 때

삭풍에 흔들리는 추녀 아래 쌓은 나락은

추곡 수매장에 나가고

공복으로 펄럭이는 상체

외다리 허수아비 두 팔 아래

빈 부리 벼 밑둥을 부비던, 새들

힘줄같이 뻗친 논두렁 끊어져 터진 자리

아가리 벌린 농약병, 쉴 새 없이 독을 쏟이도

 한 시절 족히 불던 바람의 하명下命으로 맞는 입동절기 싫어서

 새들은 떠났다

 털어도 털어도 보리까락처럼 묻어나는 농협 빚더미에 눌려

수인의 족쇄 같은 하루가 무색해서

밤은 또 길다

그렇게 논바닥은 중년의 무게로 엎드려

보릿고개 씨나락 빠는 소리

망연히 들을 터인데

깊게 패인 빈손의 손금 따라

맨 먼저 오라

새벽이여

정영상

시를 써야만 하는 영혼을 갖고 태어나
시를 남기고
시와 함께 잠든 사람

밥보다 술을 즐기고
사람을 사랑했으며
'꽃 피는 봄, 사월 돌아오면' 노랫말로 시작하는
가곡 '망향'을 즐겨 불렀지만
사월에 떠나 돌아오지 않는 사람

해직 교사의 아픔을 가슴에 묻고
가르치던 아이들이 못내 그리워
학교 주변을 맴돌며
남몰래 숨어 지켜보다
종례를 알리는 종소리에
처진 어깨로 발길을 돌렸던 사람

아이처럼 말하고
아이처럼 웃고
아이처럼 울던
삼십 대 후반에 시와 함께 잠들었지만
지금도 밤이 새도록 시를 쓰고 있을 사람, 영상이형

세한도 1

Ⅰ. 유형지에서

가시 돋친 나무담장에 갇힌
몸일지라도
밤하늘에 별과 달을,
한낮에 해와 구름을 보고
비와 바람을 느끼며
책을 읽고 글을 쓰노니
비록 곤궁한 세 끼의 양식에
누추한 옷을 걸치고 허름한 방에 몸을 누일지리도
먹의 향기 가득하여
정신은 맑고 생각이 깊어지니
족하노라
해와 달에 맞춰 꽃이 피고 지고
계절에 따라

초목이 자라고 시들며
목숨이 붙어 있는 것들은
미물조차 자연의 이치를 따르거늘
도리를 거슬러 시류의 잣대로
자유를 속박하니
이것만이 분하노라
천 리 길 바다를 건너 오가는 서신에
사무치는 그리움을 달래 보노라

세한도 2

II. 영혼의 집

세상이 어지러울수록
삼가면
두려움이 없는 법
오직 맑고 곧은 자는
세속을 벗어
음庵속의 글을 읽고
그림에 향기를 품을 수 있을 터
붓을 들이
획을 세우고, 눕히거나 꺾어
뜻을 전하니
유형지에서의 마른 붓질이언정
초가에 세한송백을 담았으니
능히 그대의 영혼이 머물 수 있을 것이네

세한도 3

III. 어린왕자의 방문

B612 행성에
사계절 없지만
겨울임을 알 수 있어요
아아, 보아요
외풍 센 냉골 방안에
선비가 곧추앉아
책을 읽고
붓을 들어 글을 쓰고 있군요
본질은 눈에 보이지 않듯
어린 장미 한 그루 돌보는 일이나
책 한 권의 선물이 소중한 것은
사람 사는 일이 다 그런 것이거든요
고립과 해방의 경계가 공존하는

유배지에서
오래도록 잊지 말자 초가 그림에 낙인을 찍듯
양의 집 그림을 품속에 간직하고
장미와의 약속을 지키고자
사막에서 행성으로
돌아가렵니다

도대불

배를 띄워라
아랫배에 힘을 잔뜩 모아
뱃머리에 부딪는 거친 물결 가르고
팔뚝에 핏줄 돋도록
힘차게, 노를 저어라

바람불거든
돛을 올려라
난바다로 나아갈 적에
돌아보지 마라
뱃놈들, 뱃길 따라나섬에
무엇인들 두려우랴

어여차, 어여차
그물 거둘 때

팔뚝만한 물고기
펄떡펄떡 뛰노니
한 자락 구성진 노래인들 빠질쏘냐
목청껏 불러보자

머리 위에 별을 이고
등에 달을 지고 돌아오는 길
둥 둥 둥
북을 울려
만선의 소식을 전하라
보라
보라
도대불 활활 타오른다
도대불 활활 타오른다

아버지의 애국

아흔 살의 영등포 누님은
셋째 아버지가
'어머니'라고 소리치며
큰댁 대문에 들어서다 넘어져
땅바닥에 엎드려 엉엉 우셨고
고향 마을 사람들이 모두 지켜보았다고
그날의 귀향 장면을 생생하게 전했다

징용으로 끌려가
첫날 나가사키에 있는 군수공장에서 일을 마치고
'내가 왜 남의 나라에 와서 일을 해야 하나'
하는 생각에, 마침 허리가 아프기도 해서
다음날부터
여덟 달 반 동안
'날 잡아 잡숴' 태세로 누워 지냈다고

살아생전에 아버지는 말씀하셨다

원자폭탄이 떨어지기 한 달 반 전
덩치 값도 못하는 놈,
밥값 아깝다고 귀국 조치 당한 아버지
징용 전
세 자매
징용 후
형 셋, 누나 한 명이 더 태어났고
총 칼 들고 만주벌판을 누빈 독립군은 아니었어도
아들 넷 모두
현역 만기제대했으니
나름 애국자임에 틀림없을 것이다

오늘

신관동 뒤편
후미진 길을 돌아
하나 둘씩 불이 켜지는
교도소를 본다
누명陋名의 수의를 입었는가
옥중서신이듯 바람이 불어
미루나무가 하염없이 흔들린다
연필과 종이를 갈구한다던데
무수한 종이와 연필로도
한 자 바르게 쓰지 않고
한 줄 곧은 글귀 쓰지 않는
나의 죄는 어디에 해당되는가
수인의 방 모두 불이 꺼지고
장벽의 탐조등만 번쩍이는 귀갓길
무게를 더하는 초가을 벼 이삭을 보건만

자취방 문을 열면
형광등 불빛 아래
단죄를 내리는
단두대, 하나

가장 시적인 답과 오답

날씨가 흐려서
답이 생각나지 않아요

학습 부진아 방과후수업 시간에
일 학년 초등학생이
담임선생님의 시선을 피해
슬며시
창밖을 내다보다가
가장 시적으로 답했다고
아내가 내게 전했다

나는 어떠한가

우리는 다 어떠한가

흐리고 추운 세상을 바로잡을
답을 내놓은 이가 있는가
답은 있지만
한사코
답이 없다고
우기며
문제를 외면하고 있지 않는가
모든 문제의 답에서
나를 빼고
탐욕을 넣는다
비겁함을 넣는다

민성기선생님

영화 정무문에서
주연배우 이소룡이 휘두르던
쌍절곤을 가방에 하나씩 넣어 다니던
까까머리에 천방지축 까불던 중학교 3학년 시절
펜촉에 잉크 찍어
학생증 성명란에 반듯하게
이름 세 글자 써 주신
민성기담임선생님
삼십여 년 훌쩍 지났건만
저의 이름을 기억하시다뇨
큰절 올린 동창생 세 명 앉혀 놓으시고
사랑해야 한다
학생들을 사랑하고
더 사랑해야 한다고 이르셨죠
이십여 년 세월 더 지나

삼십 년 전의 학생들은 고사하고
올해 가르치는 아이들의 이름조차
기억하지 못하는 부끄러운 교사가
다시 설 수 없을 교단을
올해를 마지막으로 떠납니다
사랑해야 한다는 가르침을
제대로 실천하지 않았으니
남아 있는 몇 달만이라도
학생들에게 용서를 비는 마음으로
교단에 서겠습니나

금강 I

팔에 팔을 걸어

쇠사슬 같은 스크럼

뒤로 후퇴하는 법 없어

강 건너 두고 온 고향이나

처자식이 생각나도

대열 흩트리지 않고, 밀듯이 밀리듯이

교각에 이마를 메부딪거나

여울을 굽이칠 때 발목이 걸려 비틀거려도

머리 위 은하를 이고

어깨에 밝은 달을 짊어지고

둑을 따라 앞으로, 앞으로

바람에 흔들리는 갈대숲 소리에

무거운 눈 비비며

신새벽의 하구나

동이 트는 바다에 닿을 때까지

그들의 풀 줄 모르는 어깨의 근육
밤마다 강가에 앉아
해방과 자유의 이름으로
적들의 목을 겨눌 칼을 가는 이
점점 깊어가는 강을 보네

금강 II

뒤꿈치를 세워 까치발로 서도
소용없는, 평등한 것
모래톱을 지나왔거나
황토를 넘어왔어도
이내 같은 물 빛깔이 되어 버리는 것
기찻길 옆 오막살이
고무줄 놀이 할 때
깍두기가 필요 없이
가진 것이 똑같은 것
부르조아나 프로레타이는 몰라도
철조망이나 국경 없이
살아가는 것
물새가 오면 가진 것 아낌없이 주어도
죄 많은 사람한테
한 번씩 화를 내는 것

칼에 날을 세워 남과 북으로 모질게 갈라도
결단코 떨어지지 않는 하나의 민족 하나의 핏줄
흐르고 흐르다
나무나 풀을 만나면
뿌리로 함께 스며들어
하늘로 승천하는 강
자유의 노래를 부르며
승천하고야 마는
금강이여

오이도 소금밭

뭍으로 길어 올린 바닷물
땡볕에 펼치면
마침내 저의 말을 전하네
빛과 소금이듯
빛과 소금이듯
바다에 한 톨만 녹여도
깊은 바닥까지 절이는 넉넉함
배추 고갱이속이나
생선 내장에 뛰어들 듯
너의 썩어 빠진 생각
너의 썩어 문드러진 이념에 샅샅이 흩뿌려
언제나 보여주마
서슬 푸른 날을

퍼 올린 바닷물 말리면
소금밭에

눈이 부시게 떠오르는 말씀

단내를 풍기며 일하는 구슬 같은 땀이어야

절망을 넘고자 절규하는 者의 눈물이어야

빛과 소금처럼

빛과 소금처럼

동행을 위한 노래

섣달의 달빛이
빈 들판에 서리를 내릴 때
등잔불에 하나 둘, 모여 쌓이는
따스한 별무리의 등화燈花
문을 열면
잠들지 못하는 것들과 함께
고민하는 이마 위로
동행을 위해
사랑처럼 빛나는 이름 불러
몸을 사르는 기러기
울며 난다.
무리를 인도하는
앞선 날개의 외로움
너도 문을 열어
다 같이 문을 열어

마침내, 새벽이면
북녘에 닿는, 눈부신
날개의 동행을 노래하자
날개의 자유를 노래하자

자화상

체중계에 올라 서본다
백 수무 근
생각을 저울에 올려보니
깃털보다 가볍고
간장 종지조차 채우지 못한다
좀스럽다

현자(賢者)가 한가하면
생각이 통하지 아니하지 않는다
어리석은, 나는
한가할 때마다
생각이 미치지 않는 곳이 없다
허접스럽다

듣고 나서

말해야 마땅하거늘
냄새만 맡고
함부로 말하고
개뿔도 아닌 게 설친다
보고, 들고 느껴야 할 것들을
무시해 버리는
깨닫지 못한, 나는
귀, 눈, 코, 입이 제대로 붙어 있기는 한 것인가
한낱 장식품에 불과하다

어디에 있는가
어디로 가려는가
그물로 바람을 잡으려 하고
모래를 움켜쥐고
어깨를 으스대며

살아온 허풍 같은 날들
부끄럽다

지구별에게

칠월 초이렛날 깊은 밤에
견우, 직녀 두 별이
은하수에 놓인 오작교를 건너 만나는
그대 별의 전설이
터무니 있음은
그 별엔
꽃이 만발하여 향이 가득하고
술에 취한 모든 이가 노래를 부르며
흥에 겨워 덩실덩실 어깨춤을 춘다는
나의 빛의 서실도
터무니없지 아니하다

모든 별은
슬픔의 눈물을 닦아 주고
상처의 아픔을 보듬어야 반짝이거늘

어찌하여 너의 별은
헐뜯고 다투어 드리워진 그늘 속에
많은 이들이 고통스러워한다는, 또 다른
어두운 전설을 갖고 있는가

채움의 욕망은 끝이 없고
나누어 비움은 순결하니
차별과 갈등을 지우는 기도 소리 울려 퍼지고
평화와 해방의 합창이 강물처럼 흘러
행복과 즐거움이 샘솟는 그날
그대의 별에 가리라
눈이 부시게 반짝이는 길을 따라가리라

4부

샘골 서씨네 실록實錄

대화對話

여름의 끝자락, 백로
쓰던 일기를 덮고 마당에 나와 서성인다
백로 전에 팬 벼
이삭의 무게 더해지고
오서산 등마루 비추는 달
달빛에 젖은 억새풀 푸르게 물들어 갈 것이다
밤은 깊어가고 이슬 맺히는 풀숲
풀벌레 소리 요란하다
제비 떠나고 빈집 처마에 걸려 있으니
머지않아 기러기 날아오리라
이 터에서 태어나 논밭을 갈고 씨를 뿌려
땀과 정성으로 가꾸어
땅이 베푸는 만큼 받아 구십 평생을 살아오고
칠십 해를 다툼 없이 아내와 해로했다
육십 해 넘도록 일기를 써왔다

여한이 없다
오늘 쓰는 일기가, 마지막일 수 있다
내일 쓸 일기가, 마지막일 수도 있다
어찌 알 수 있겠는가
하늘의 뜻인 것을
뒤꼍에 대숲이 바람에 흔들린다
고개 들어
우뚝 솟은 오서산을 본다

혼례 치르고 삼일 후에
서른 해를 넘긴 씨간장을 물려받아
칠십 해를 지켜왔다
시부모 봉양 사십여 년 동안
한 끼 거르지 않고
새로 지은 따뜻한 밥을 올렸다

뜻을 거슬러 눈을 추켜 뜬 적 없고
말씀을 어겨 대거리해 본 적이 없다
지나온 길 돌아보니,
벽에 걸린 효부상 액자가 무슨 위안이 되겠는가
여자의 일생, 여자의 숙명이라 한들
무슨 원망 있겠는가
살구며, 감이며, 대추며,
시시때때로 영그는 과일, 내 자식들 입에 넣어주고
삼남 일녀
배곯지 않게 키워 손주들 장성했으니
무슨 여한이 있겠는가
씨간장의 대가 끊길 듯하니
이것만이 안타깝다

　　　　　단기 4356년 계묘년 칠월 스무 나흘(백로)

천붕 天崩

어머니 여의고
두 해도 채 지나지 않아
아버지마저 돌아가시니
하늘이 무너지는 듯하다
가눌 수 없는 슬픔과 끝없는 후회가 밀려온다
효는 만행의 근본임을 마음에 새겨
모시고 살았다고 하나
부족함이 비할 바 없다
선산에 합장 모시고
뉘엿뉘엿 해 지무는 벌상을 등지고
집으로 오는 길이 천리만리 같다

시어머니는 꽃을 유난히 좋아하셨다
바느질 솜씨가 빼어나
마을에 초상나면, 맨 먼저 불려가

수의를 지으셨다
말수가 적은 편이지만
해학적 언변이 뛰어나
듣는 이들이 눈을 크게 뜨고
귀 호강을 하게 하셨다
상대방의 말문을 자주 막으셨다
언성을 높이거나 거친 언사로
다투신 적이 없었다
시아버님은 단 음식을 좋아하셨다
군음식이 떨어지지 않아야 했고
주전부리를 곁에 마련해 드려야 했다
어린아이들과도 격 없이 어울리셨지만
장손자라고 첫아이만 업어주셨으니
남녀 구별을 하셨다
막내 서방님과

오랫동안 방앗간 일을 보셔서

천식 증세가 깊었다

밤이 깊어, 불 꺼진 빈 안방에서

기침 소리가 들리는 듯하다

집안이 온통 허전하고 쓸쓸하다

　　　　　　　단기 4332년 기묘년 섣달 그믐

가지 많은 나무 바람 잘 날 없노라

장차 집안의 중심이 되어야 할 장남이
음악을 하겠다고 객지에 나가 있다
둘째 아들은 힘이 좋아 어려서부터 농사일을 자주 거
들었지만
학교에서 주먹을 쓰는 듯하다
막내아들은 공부를 썩 잘하지만 마음이 여리다
열 손가락 깨물어 아프지 않은 손가락 있을까 마는
책 읽기를 유난히 좋아하는, 외동딸
공주사범대학을 마치고 집으로 돌아왔다
사 년 전, 여자가 고등학교만 나오면 됐다는
아버지의 말씀을 태어나 처음 거역했다
저의 딸이니 뜻대로 하겠노라
단호히 말씀드리고 입학시켰다
훌륭한 교사가 될 것을 의심하지 않는다

장작불 활활 타오르는

아궁이 앞에서 불을 때는 딸아이가

소리 없이 눈물을 흘리고 있다

세상의 모든 어미들은 직감한다

사귀는 남자가 있을 것이다

며칠 전, 옷을 단정하게 차려입고

서울 다녀올 일이 있다더니

나중에 알았다

병원을 찾아가, 처음이자 마지막 인사를 드린

남사의 아버지가 돌아가셨디는 것을

몇 해 후, 사위로 맞았다

안사돈, 바깥사돈 모두 없는 결혼식

사위 될 신랑이 애초롭다

자꾸 눈길이 간다

단기 4322년 기사년 정월 보름

향교에 들다

장곡면에 거주하는 향토 사학자 김갑현씨의 추천으로
홍주 향교에 입교했다
저녁 밥상을 물리면
농사에 지쳐 피곤이 몰려오지만
어김없이 그분의 사랑방을 찾는다
향토 역사의 중요함부터
정치와 사회에 관한 식견
무엇보다 책을 가까이해야 하며
권력의 눈치를 살피는 언행을 경계해야 함을 배운다
옛 성현의 말씀을 따르고
제를 올려 가르침을 대대손손 이어 간다
중국의 5성 2현과 국내의 18현을 배향하고
음력 2월과 8월 상정일上丁日에 석존제釋尊祭를 올린다
군수의 초헌,
교육장의 아헌,

전교의 종헌을 올리는 이들을
안내하는 알자謁者 책무를 맡아
엄숙히 수행한다
홍성향교의 첫 번째 알자라는
전교의 칭찬에 들뜬 마음을 거두고
생각을 가다듬어
공자님의 말씀을 되새겨 몇 자 적어 본다
'學而不思則罔, 思而不學則殆'
'책만 읽고 생각하지 않으면 고루해지고,
생각만 하고 책을 읽기 않으면 위태롭게 된다.'
강물보다 깊고
하늘만큼이나 높은 뜻을 지닌
이 얼마나 귀한 말씀인가

사나흘 전부터

향교 제례에 가야 하니
단단히 준비하라고 성화를 부린다
농사에 집안일에
몸이 두 개라도 부족할 판에
묻지도 않았건만,
'사람이 밥만 먹고 사는가'
한마디 툭 하니 던진다
성현의 가르침이
농사보다 중하단 말인가
속에서 부화가 치밀기도 하지만
신풍리 샘골에서
우리 집 바깥양반만큼
글을 읽고 쓰는 이가 또 있는가 생각하면
대견하기도 하다

단기 4315년 임술년 칠월 스무닷새

무너진 아우의 꿈

삼남 사녀 형제자매 중
바로 밑에 아우가 가장 똑똑하니
어려서부터
공부 욕심이 크고 강했다
남한테 지는 것을 유독히 싫어했다
홍성중을 졸업하고 공주사범에 합격했다
장남인 나는
국민학교 졸업 후
학업을 이어 갈 도리 없었으나
아우가 성취했으니 집인의 자랑이고 경사다
학비를 장만하시던 아버지가
돌연, 진학을 포기하라고,
형편상 뒷바라지 못하겠다고 하셨다
뒷방에서 아우가 통곡을 한다
형으로서 해 줄 수 있는 게 없어서
답답하고 미안했다

새벽 네 시에 일어난다
새벽밥을 지어 상을 차리고
도시락을 두 개 싼다
반찬을 소홀히 할 수 없다
큰 시동생이
왕복 육 십리 길을 걸어
통학을 한다
자정쯤에 귀가하면,
밥상을 또 차린다
꼬박 삼 년을 뒷바라지했다
공을 기대하지는 않으나
시동생의 울음소리
마음이 짠하다

           단기 4295년 임인년 이월 열이레

귀향

동짓달 지나 섣달마저 저무는 오늘
세상을 뒤덮은 눈 위에
희끗희끗 눈발이 다시 날리고
바람은 차다
내리는 눈에 가려, 오서산
뿌옇게 더 멀어 보인다
안 바깥 대소사를 생각하니
군역을 마치고 집으로 향하는 발걸음
무겁다
집 떠나, 삼 년여 군내 생활
안사람이 겪었을 고생을 생각하니
가여운 마음을 주체할 수 없다

겨우 눈인사 주고받았다
말없이
안방으로 들어가

시부모님께 큰절을 올리고 나서
사랑방에 들었다
마지막 휴가 때 들어
귀향 날짜를 이미 알고 있었으나
마을 어귀를 수없이 바라 본 것을,
삼 년여 동안
시부모,
시동생 둘 시누이 넷
뒷바라지의 어려움을
첫 아이 임신을
짐작이나 하려나
야속하다
친정 부모님의 말씀을 따를 뿐이다
설날 명절 준비에
마음만 바쁘고 손발이 더디다

                    단기 4288년 을미년 섣달 스무닷새

결혼

국민학교를 졸업하고
윗마을 새말에 있는
서당에서 한학을 배웠다
오가는 길에
두어 번 스치듯 본 처녀가
눈앞에서 아른거린다
훗날 아내가 될 줄 몰랐다
효부라 불리지만
평생 인고의 세월을 살아온
가여운 여인의 일생이 될 줄 몰랐다

고향 별티 떠나
가마 타고
십여 리 넘는 신행 길에 나섰다
저 언덕을 넘으면

멀어지는 고향의 부모님, 형제자매

언제 볼 수 있으려나

저 굽이를 돌아들면

층층시하에

줄줄이 시누이, 시동생

맵고 매운 시집살이가 시작되겠지

한 마디도 땅에 버릴 것 없는 아버지 말씀대로

눈물과 한숨으로 이르신 어머니의 말씀대로

살아가리라

겨울 지나

봄이 오리라

　　　　　　　　　　단기 4286년 계사년 동짓달 열나흘